El mundo del manatí
Samantha Nugent
EYEDISCOVER

Ve a **www.eyediscover.com** e ingresa el código único de este libro.

CÓDIGO DEL LIBRO

AVZ99493

EYEDISCOVER te trae libros mejorados por multimedia que apoyan el aprendizaje activo.

Published by AV² by Weigl
350 5th Avenue, 59th Floor New York, NY 10118
Website: www.eyediscover.com

Library of Congress Control Number: 2018942812

ISBN 978-1-4896-8193-5 (hardcover)

Printed in the United States of America
in Brainerd, Minnesota
1 2 3 4 5 6 7 8 9 0 22 21 20 19 18

052018
011618

English Editor: Katie Gillespie
Spanish Editor: Ana María Vidal
Designer: Mandy Christiansen
Spanish/English Translator: Translation Services USA

Weigl acknowledges Getty Images, Alamy, and Dreamstime as the primary image suppliers for this title.

EYEDISCOVER proporciona contenido enriquecido, optimizado para el uso en tabletas, que complementa este libro. Los libros de EYEDISCOVER se esfuerzan por crear un aprendizaje inspirado e involucrar a las mentes jóvenes en una experiencia de aprendizaje total.

Mira
El contenido de video da vida a cada página.

Navega
Las miniaturas simplifican la navegación.

Lee
Sigue el texto en la pantalla.

Escucha
Escucha cada página leída en voz alta.

Tu EYEDISCOVER con Seguimiento de Lectura Óptico cobra vida con...

Audio
Escucha todo el libro leído en voz alta.

Video
Los videos de alta resolución convierten cada hoja en un seguimiento de lectura óptico.

OPTIMIZADO PARA

- TABLETAS
- PIZARRAS ELECTRÓNICAS
- COMPUTADORES
- ¡Y MUCHO MÁS!

El mundo del manatí

En este libro, aprenderás sobre

- cómo me veo
- dónde vivo
- qué como

¡y mucho más!

Yo soy un manatí.

Mi cuerpo gris
es muy grande.

Vivo en océanos y ríos cálidos.

Puedo contener la respiración por un largo tiempo. A veces me quedo bajo el agua por 20 minutos.

Mis dos aletas y mi cola plana me ayudan a nadar. Incluso puedo nadar al revés.

Como diferentes tipos de plantas.

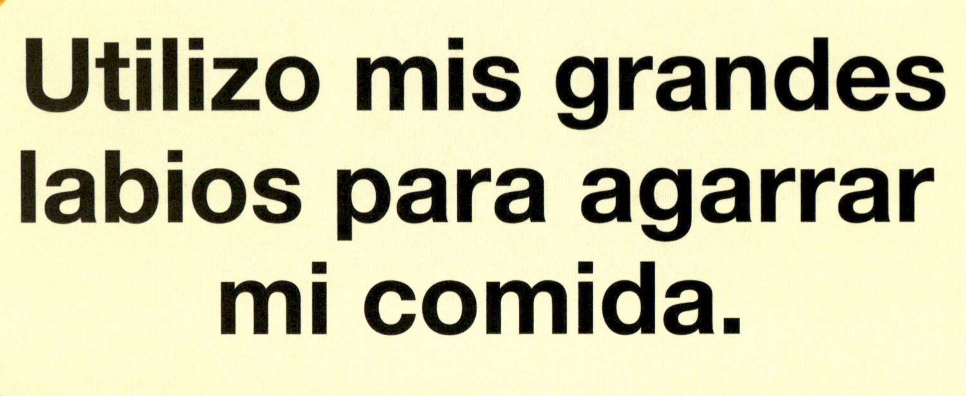
Utilizo mis grandes labios para agarrar mi comida.

Mis amigos y yo nos divertimos juntos. Jugamos juegos como seguir al líder.

A menudo me muevo muy lentamente. A veces me llaman la vaca marina.

Un manatí puede pesar **más que**

Los manatíes están estrechamente relacionados con los elefantes.

Los primeros exploradores pensaban que los **manatíes** eran *sirenas.*

Los manatíes pueden vivir hasta **50 años.**

Los manatíes descansan hasta **12 horas** por día.

Los manatíes crecen alrededor de **10 pies de largo.** (3 metros)

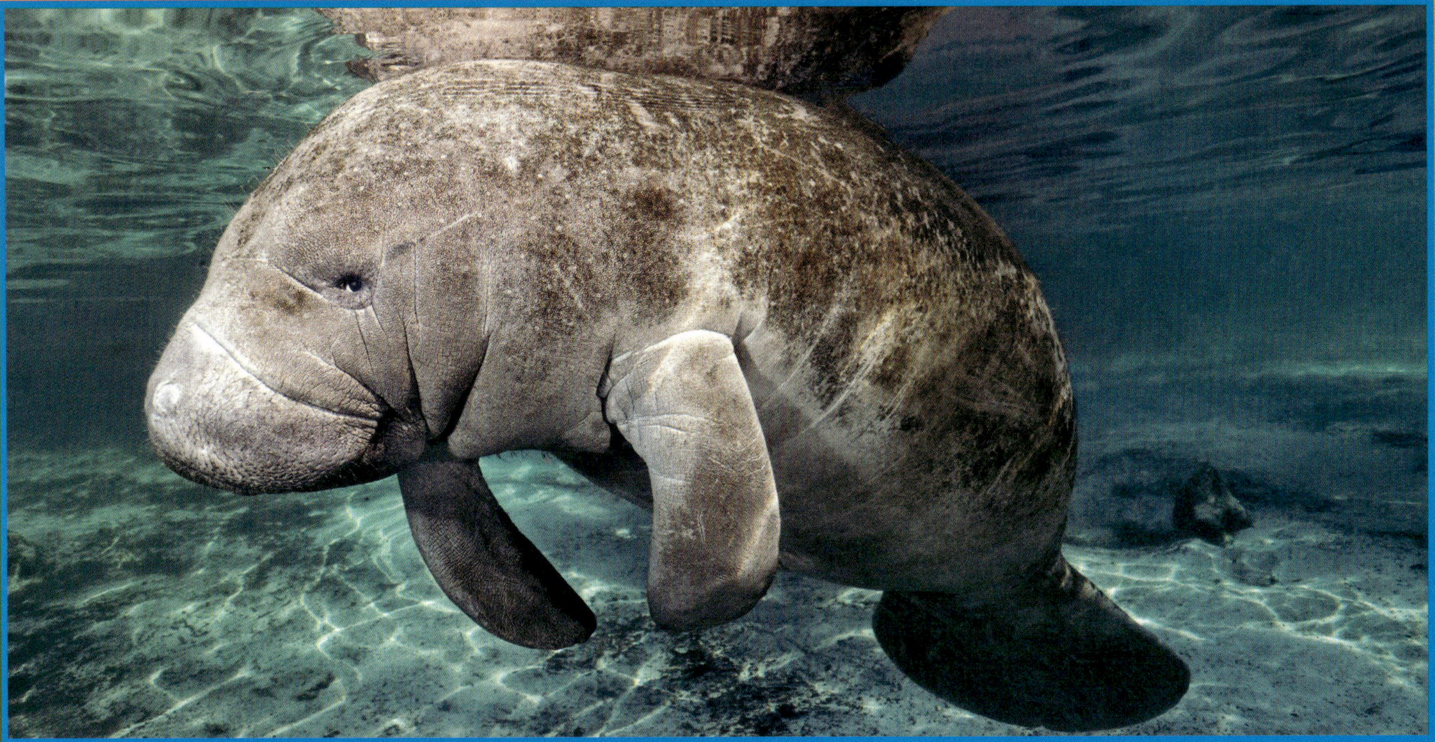

Mira
El contenido de video da vida a cada página.

Navega
Las miniaturas simplifican la navegación.

Lee
Sigue el texto en la pantalla.

Escucha
Escucha cada página leída en voz alta.

Ve a www.eyediscover.com e ingresa el código único de este libro.

CÓDIGO DEL LIBRO

AVZ99493